MARK WAID • PETER KRAUSE
IMPERDOÁVEL
O PODER DO MEDO

O PODER DO MEDO

DEVIR

EDITORIAL
Diretor Editorial: Rui Santos
Coordenador Editorial: Paulo Roberto Silva Jr.
Editor Sénior: Leandro Luigi Del Manto
Editor-Assistente: Marcelo Salomão
Tradução e Revisão: Marquito Maia
Adaptação e Letras: Leandro Luigi

ATENDIMENTO
Assessora de Imprensa: Maria Luzia Kemen Candalaft
(imprensa@devir.com.br)
SAC: sac@devir.com.br

Rua Teodureto Souto, 624 - Cambuci
CEP: 01539-000 – São Paulo – SP
Fone: (11) 2127-8787

IMPERDOÁVEL O PODER DO MEDO © 2009, 2018, Boom Entertainment, Inc. BOOM! Studios™ e o logotipo BOOM! são marcas registradas da BOOM! Entertainment, Inc., registradas em diversos países e categorias. Todos os direitos reservados. É proibida a reprodução total ou parcial do conteúdo desta obra, por quaisquer meios existentes ou que venham a ser criados no futuro, sem a autorização prévia por escrito da BOOM! Entertainment, Inc. Os nomes, personagens, lugares e incidentes apresentados nesta publicação são inteiramente fictícios. Qualquer semelhança com pessoas reais (vivas ou mortas), eventos, instituições ou locais, exceto para fins satíricos, é coincidência. Publicado originalmente pela BOOM! Studios. Todos os direitos para a língua portuguesa reservados à DEVIR Livraria Ltda.

Publicada originalmente em IRREDEEMABLE #s 1 a 8

1ª edição: Abril de 2018

ISBN: 978-85-7532-698-5 (capa dura)
ISBN: 978-85-7532-697-8 (capa mole)

Agradecimentos especiais: Lance Kreiter

ROSS RICHIE
chief editor

ANDREW COSBY
chief creative officer

MARK WAID
editor-in-chief

ADAM FORTIER
vice president, publishing

CHIP MOSHER
marketing director

MATT GAGNON
managing editor

Dados Internacionais de Catalogação na Publicação (CIP)
(Câmara Brasileira do Livro, SP, Brasil)

Waid, Mark
 Imperdoável: O Poder do Medo /
Mark Waid ; ilustração Peter Krause ; tradução
Marquito Maia. -- São Paulo : Devir Livraria, 2018.

 Título original: Irredeemable vol. 1 e 2
 ISBN 978-85-7532-698-5 (capa dura)
 ISBN 978-85-7532-697-8 (capa mole)

 1. Histórias em quadrinhos I. Krause, Peter.
II. Título.

18-14313   CDD-741.5

Índices para catálogo sistemático:

1. Histórias em quadrinhos   741.5

MARK WAID
CRIAÇÃO & HISTÓRIA

PETER KRAUSE
ARTE

ANDREW DALHOUSE
CORES

GENE HA
MATTHEW WILSON (CORES)
CAPA

PAUL AZACETA
DESIGN DO PLUTONIANO

INTRODUÇÃO

Nos quadrinhos de super-heróis, praticamente todo mundo que é convidado a usar uma capa está, no fundo, emocionalmente preparado para o trabalho.

Eu rejeito esta premissa.

IMPERDOÁVEL é uma ideia que vem martelando na minha cabeça há um bom tempo. Você viu lampejos disso em REINO DO AMANHÃ e EMPIRE — mas o primeiro foi sobre o preço ético do heroísmo e o segundo foi sobre um mundo onde heroísmo puro e simples não existia. De certa forma, IMPERDOÁVEL é o terceiro e mais complexo capítulo relacionado aos atos super-heroicos — uma aventura de terror *pulp* que mostra como as lições que aprendemos sobre certo e errado na infância podem ser deturpadas e distorcidas quando confrontadas pelas realidades do mundo adulto. IMPERDOÁVEL é a história de um homem que foi o maior e mais adorado super-herói de todos os tempos...

...e de como ele virou o maior supervilão do mundo.

Ninguém simplesmente se torna "mau" da noite para o dia. A vilania não é um interruptor de luz. A estrada para a escuridão é cheia de momentos de traição, de perda, de decepção e de fraqueza super-humana. No caso do Plutoniano, houve ajudantes que venderam os seus segredos. Houve amigos que abusaram frequentemente da sua generosidade e inimigos que lhe mostraram verdades perturbadoras sobre si mesmo. E esses eram os bons tempos.

IMPERDOÁVEL nos leva pelo caminho da transformação conradiana em detalhes horripilantes que são ilustrados com sombria percepção pelo inacreditavelmente talentoso Peter Krause e narrados pelos ex-aliados do Plutoniano — uma equipe de heróis fugindo do ser mais poderoso e zangado do mundo, correndo desesperadamente através do tempo e espaço para descobrir os segredos do Plutoniano da mesma forma que ele conhece todos os deles. Como ele ficou assim? Que fim levaram a esperança e a promessa que outrora carregava consigo? O que pode acontecer com o mundo quando ele é traído pelo seu salvador?

O que torna um herói IMPERDOÁVEL?

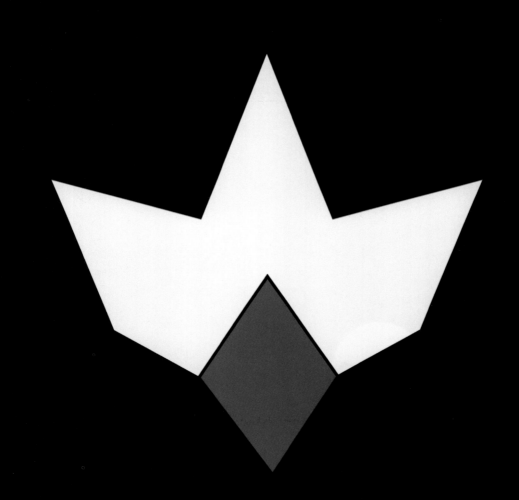

CAPÍTULO 1

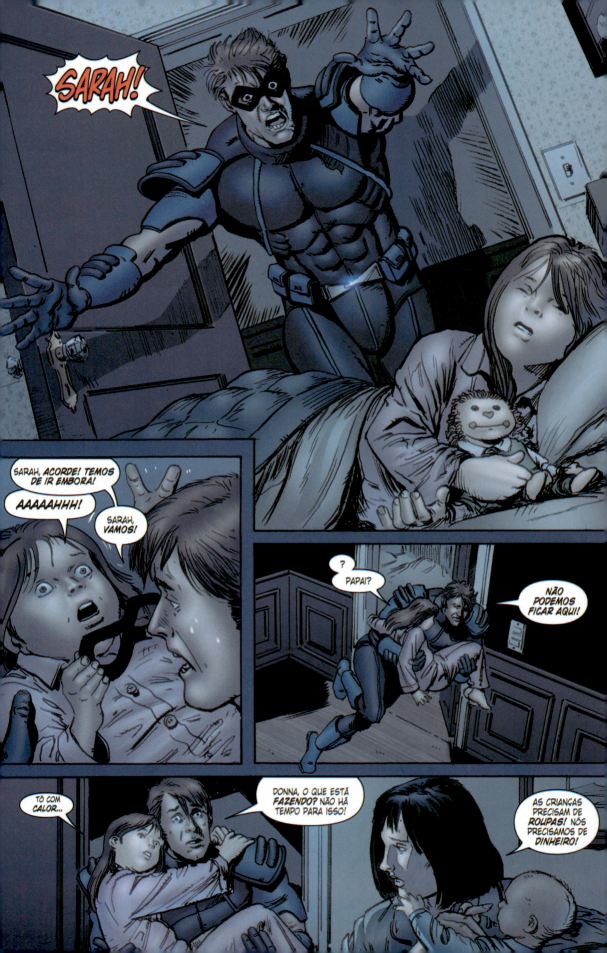

UMA SEMANA DEPOIS...

CAPÍTULO 2

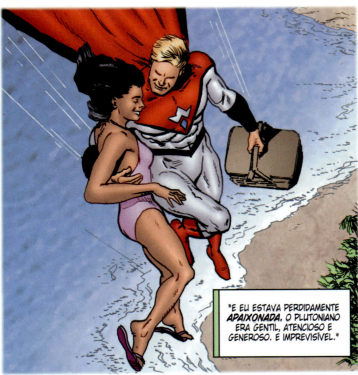

CAPÍTULO 3

CAPÍTULO 4

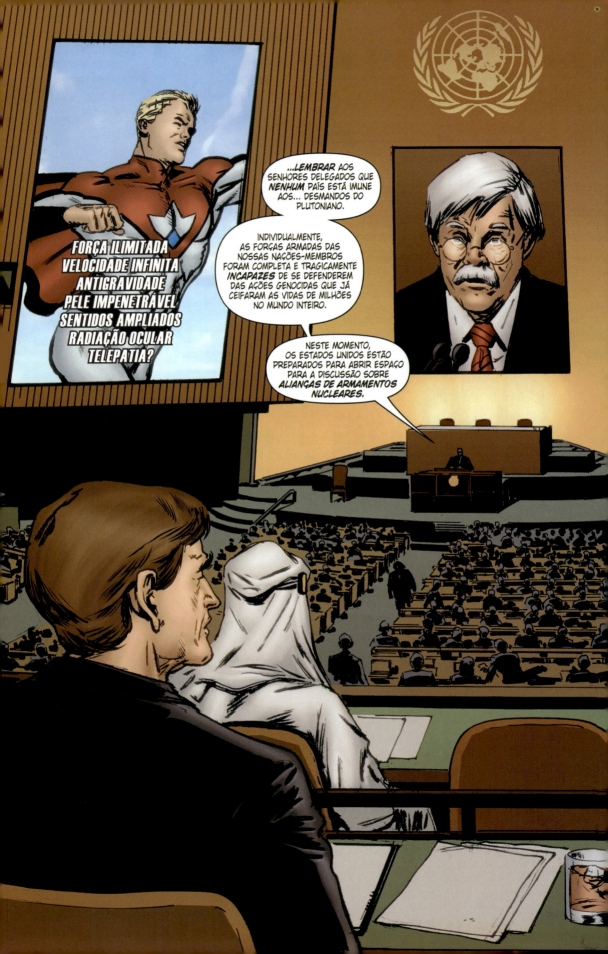

Singapura.

O QUE SÃO AQUELAS *COISAS*? AVIÕES?

NÃO SEI DIZER. ELAS *BRILHAM*...

...COMO *DIAMANTES*.

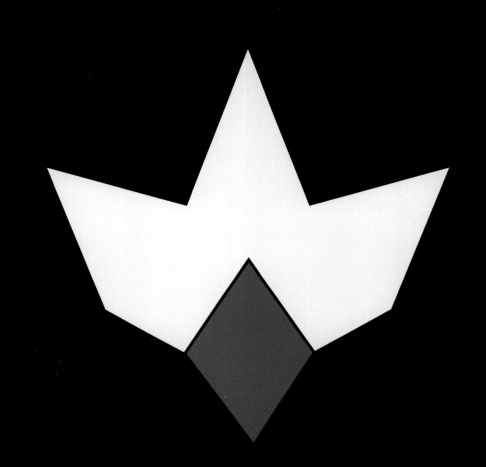

CAPÍTULO 5

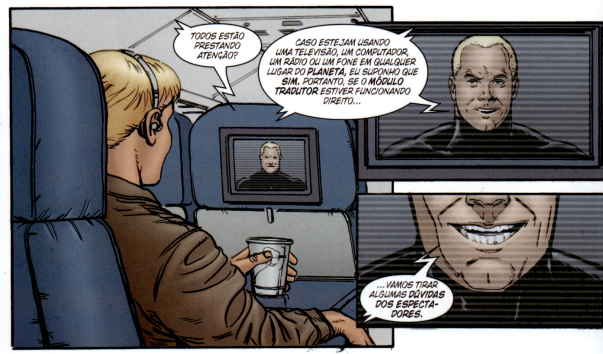

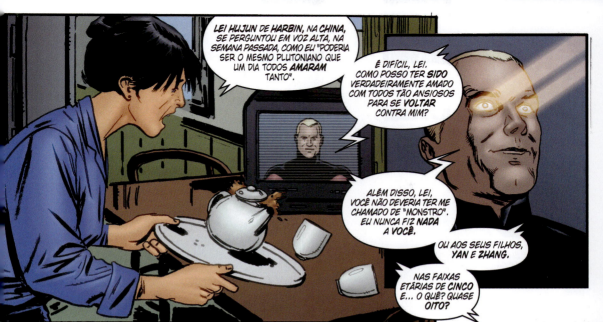

HOME | MUNDO | E.U.A. | COTIDIANO | NEGÓCIOS | TECNOLOGIA | SAÚDE | ESPORTES | OPINIÃO | ARTES

NATION TODAY

MUNDO EM CHAMAS

Plutoniano causa pânico global! Milhares de vítimas! >> MAIS

PLUTONIANO: O QUE ACONTECEU?

O paladino transformado em psicopata! Agora ele é considerado o maior assassino em massa da história! >> MAIS

ONDE ESTÃO OS HERÓIS?

Os integrantes do Paradigma, antigos aliados do Plutoniano, estão desaparecidos! Estarão ainda vivos?! >> MAIS

HISTÓRIA: As origens do Paradigma
DOSSIÊ: Os membros do Paradigma

HOME | MUNDO | E.U.A. | COTIDIANO | NEGÓCIOS | TECNOLOGIA | SAÚDE | ESPORTES | OPINIÃO | ARTES

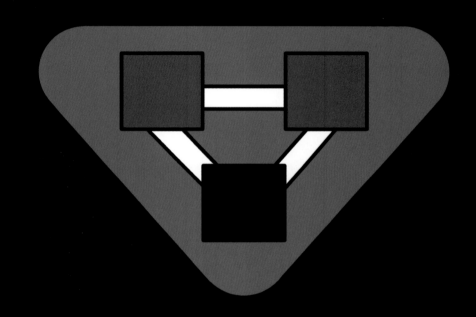

CAPÍTULO 6

"DANNY. ESTÁ *TUDO CERTO*. TUDO VAI FICAR *BEM*."

"DANNY, *PARE*. NÃO DÊ MOTIVOS PARA SENTIREM *MEDO* DE VOCÊ. DANNY..."

"DANNY!"

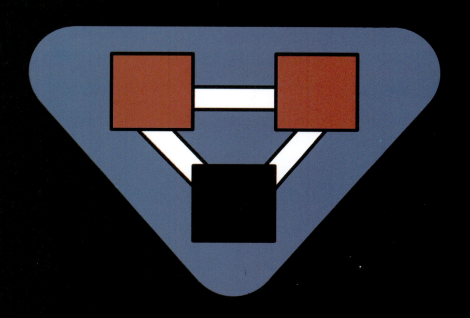

CAPÍTULO 7

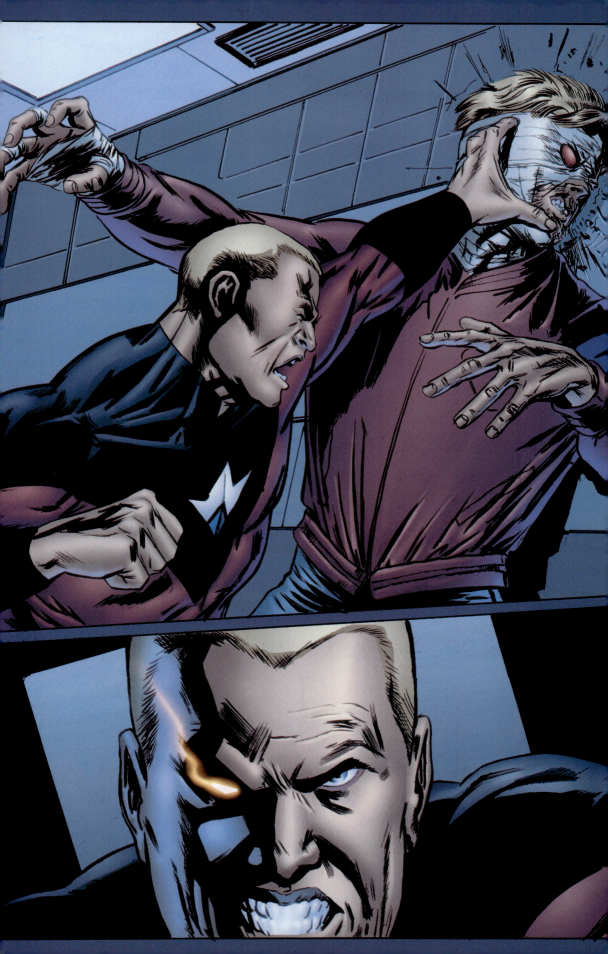

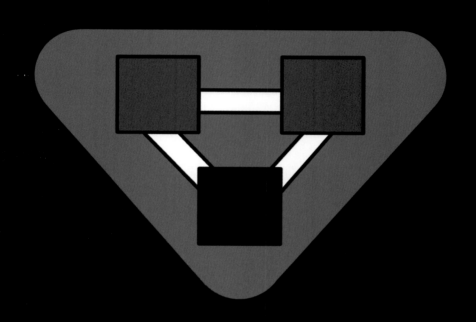

CAPÍTULO 8

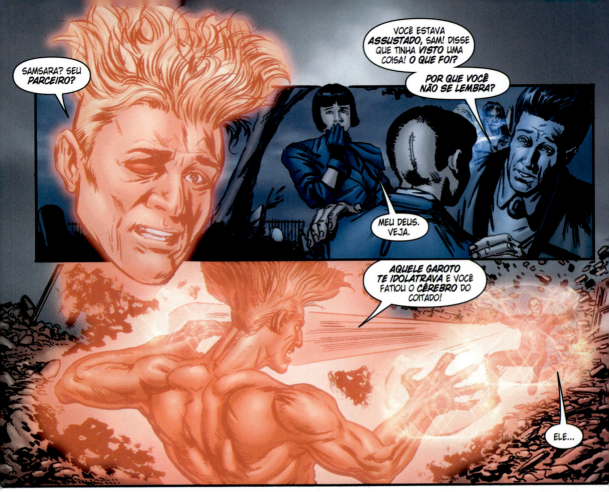

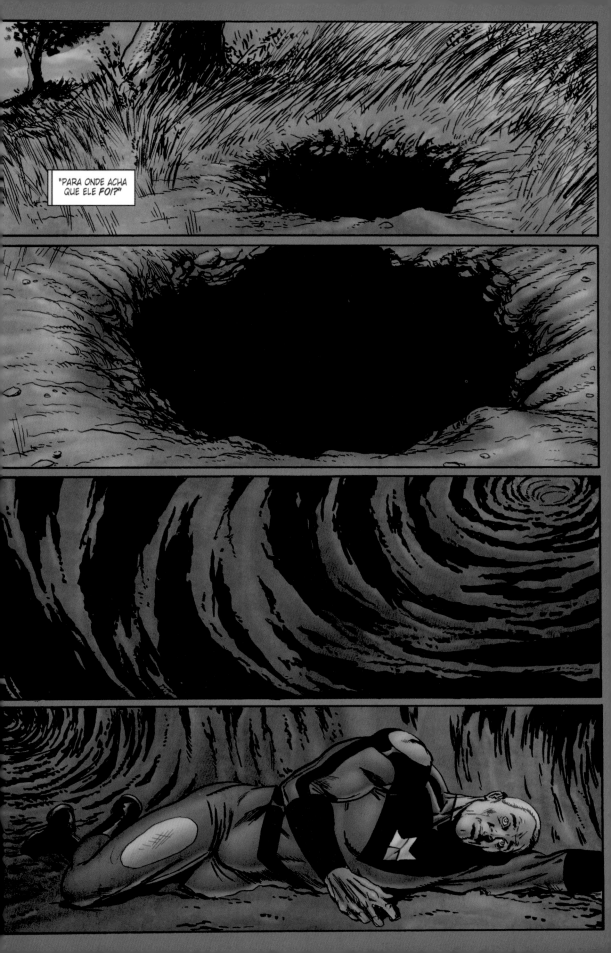

Continua

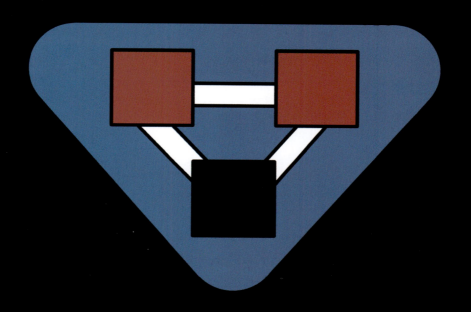

Posfácio

Em um e-mail recente para Mark Waid, eu estava reclamando e resmungando a respeito do conceito de "padronização" e comentei que isso era uma coisa que, particularmente, me incomodava bastante naquele dia. Nós dois tínhamos lido o mesmo, e um tanto quanto desanimador, artigo na revista *New Scientist,* onde se explicava que, a partir do momento que um dado grupo passa a categorizar você de acordo com um ou outro modelo apropriado, torna-se praticamente impossível se livrar do rótulo, mesmo trabalhando de um jeito diferente.

Para mim, isso simplesmente confirmava a terrível suspeita de que, por mais que eu tentasse criar enredos à prova de falhas, ou por mais bem estruturadas que as minhas narrativas ficassem, ou por mais que eu organizasse convencionalmente as minhas ideias, eu sempre seria considerado nos círculos dos fãs de quadrinhos como o frenético fornecedor de sandices imprevisíveis. Eu vi futuras gerações coçando as suas cabeças por causa do palavreado na minha lápide coberta de vegetação, considerando "incompreensível" o singelo nome da singela alma sob o solo.

No caso de Mark Waid, a visão — ou "categoria", como nós, cientistas, preferimos chamar — que assombrava a sua carreira foi invocada de uma cova abandonada não menos limitada.

Por alguma razão, no final da última década, Mark Waid ganhou a reputação de ser o Verdadeiro Sentinela da Nostalgia da Era de Prata das Histórias em Quadrinhos. Curiosamente mal representado como o defensor dos valores da era Kennedy e a figura exemplar do dedicado fã-transformado-em-profissional, Waid se tornou uma referência nerd quando virou uma moda passageira nos gibis fazer histórias preocupantemente antiquadas de ficção científica à la Julius Schwartz para a alegria dos marmanjos. Quando os leitores mais velhos começaram a implorar pela volta dos dias de Ollie, Barry, Hal, e, também, Larry, Sally, Ray, Rita, Jack, Bobby, Sue, John, Paul, George e Ringo, Mark Waid foi a primeira opção na discagem rápida da Redação. Waid, ficou decidido, iria apresentar a mistura necessária de deslumbre, tipo "Se eu não precisasse do dinheiro, faria isso de graça!", com surpresas e ilusões de arregalar os olhos que a tarefa de revigorar esses ícones da cultura pop exigia.

E, ainda assim, esse era o escritor de *The Flash.* Como aquela fase de histórias movimentadas e integradas, aqueles gibis tão supercarregados com a pura energia da modernidade que zunia e chacoalhava nas mãos dos leitores, podiam sinalizar de alguma forma que Mark Waid preferia optar pelo tradicional e confortável? Como o escritor de *Reino do Amanhã* e sua inovadora despedida à velha guarda podia ser declarado o representante e defensor de uma "Era" que ele mesmo inteligente e cuidadosamente já havia deixado para trás?

Mesmo agora, sem admitir prova em contrário, e até depois da sua criação de um episódio da série *52* envolvendo a ressurreição de Sue Dibny, um supremo e inesquecivelmente excepcional símbolo de irremediável perda e amor convertido em terror e loucura, ainda existem pessoas que insistem em imaginar Mark Waid como um fiel e sério arquivista, organizando alfabeticamente os fragmentos coloridos da sua juventude.

Portanto, foi pensando nisso tudo que elaborei meu e-mail de descontentamento, culpando a padronização e a mudança repentina de categorização por tudo que era, é e será imperfeito no mundo. Às vezes, especialmente quando está frio, escuro, úmido e desagradável, ou seja, nove décimos do ano por aqui, morar na Escócia pode inspirar um tipo de tristeza legítima e preocupação, e a *New Scientist* não tinha feito outra coisa senão atiçar a fornalha negra.

No entanto, ao escrever em mais uma radiante noite ensolarada de Los Angeles, Waid rejeitou as conclusões da *New Scientist* lembrando-me do famoso especial de TV de 1968 do Elvis, quando o quase assexuado e desligado Rei do Rock 'n' Roll se reinventou como um Deus humano e relaxado usando roupas de couro. E o resto é história.

Para ser sincero, embora, na época, eu estivesse propenso a concordar com a maneira habilidosa com que Waid havia refutado a padronização ao invocar esse exemplo do Elvis Presley, tinha cada vez mais certeza de que existia uma falha fundamental no raciocínio. Mas, antes de conseguir descobrir qual era o tal erro, uma prova muito mais convincente chegou através de correio eletrônico enviado por... Mark Waid! Eu abri dois arquivos chamados "Imperdoável 1 FINAL" e "Imperdoável 2 FINAL", e quando li os roteiros que cada um continha, o conceito de padronização foi reduzido a uma fração de confete pseudocientífico meia-boca bem diante dos meus olhos agradecidos.

Não que eu já não estivesse de olho em como ele aperfeiçoa seus talentos através de uma série de projetos recentes. Observe o trabalho de Mark nos últimos anos e veja como ele experimenta novos truques, absorve novas influências, mantém o que funciona, e reinterpreta e purifica tudo isso por meio do seu rigoroso sistema de filtração. Seu trabalho recente com personagens ícones do mundo corporativo tem sido perfeito, enquanto suas próprias criações e conceitos inéditos mostraram uma crescente variação, força e clareza. É evidente que ele estava se empenhando em alguma coisa importante.

E aí, *Imperdoável*.

Aquelas conversas em torno da *New Scientist* nasceram de uma breve discussão sobre os efeitos corrosivos das críticas impiedosas na Internet em relação à autoestima do ser humano. Waid soltou uma piada que dizia que a Internet era como o "Projetor da Zona Fantasma" e pareceu-me uma comparação assustadoramente adequada. O artefato kryptoniano era a janela do Superman para a Zona Fantasma, uma dimensão nebulosa cheia de homicidas, assassinos em série, criminosos de guerra e homens loucos incorpóreos, onde os maiores facínoras do planeta Krypton viviam em exílio permanente num inferno insubstancial. O Projetor da Zona Fantasma era a linha direta do Superman com uma sarcástica multidão de fantasmas que não tinham nada melhor para fazer além de insultar, provocar e ameaçar o Homem de Aço por toda a eternidade.

Em *Imperdoável*, Mark imagina um super-homem que passou horas demais na frente da tela do Projetor da Zona Fantasma. O Plutoniano é um personagem cujo coração foi envenenado, cuja crença na bondade essencial da natureza humana se desfez em fiapos graças às doses homeopáticas de insinuação, desprezo e crítica. O que pode acontecer a um super-herói que não consegue deixar de ouvir o quão ele é odiado e ridicularizado pelas pessoas ao seu redor? E qual seria o resultado se tantas inimizades, invejas e mentiras finalmente destruíssem a sua alma?

É um conceito simples, elegante e aterrador e, melhor ainda, está nas mãos de alguém que sabe exatamente como tirar o máximo proveito disso. Este é o quadrinho que apenas Mark Waid, que ama o Superman mais do que qualquer outra pessoa viva ou morta, poderia escrever. Na primeira leitura, parece que você está sendo atingido pelo jato de uma mangueira de alta potência cheia de ácido clorídrico. A energia imensa da narrativa, no entanto, é aplicada com uma visão de raio laser e executada com um domínio de dinâmica de enredo que é simplesmente inspirador.

Se um dia você estiver deitado numa cama esterilizada com seus órgãos internos brilhando sob as luzes, você rezaria por um cirurgião capaz de cortar e montar com esse tipo de bravura impressionante. Da sequência inicial de detonações narrativas até as intensas reviravoltas e revelações em cada cena, trata-se de uma narrativa tipo "o que acontece a seguir???" transformada num superpredador. Trata-se de uma cirurgia de coração aberto, às cegas, com uma espada de samurai. Trata-se de um sem-número de metáforas que eu poderia citar para apontar o trabalho simples e devastador de um mestre contando uma história em quadrinhos, impecavelmente. Assim, sem mais nem menos. A confiança exagerada na concepção dessa belíssima máquina me faz sorrir de puro deleite cada vez que leio isso, levando em consideração que ainda não vi nada com a arte. Eu vi o esqueleto nu e a linguagem de programação, as instruções detalhadas por escrito que o artista exprime na forma de história em quadrinhos. Até agora só vi o Exterminador do Futuro sob a fachada desta HQ, e o que eu vi são engrenagens ruidosas, cromo reluzente e circuitos de diamante projetados com precisão absoluta. Em termos técnicos e estruturais, trata-se de um manual "Como Fazer..." para todos os outros escritores do ramo. Em termos de história de superaventura para o século 21, trata-se de uma leitura extremamente estimulante.

Imperdoável é um quadrinho de super-herói inovador, intransigente e brilhante. Não há qualquer vestígio de nostalgia, nem contestação das atrocidades concentradas dentro das páginas.

É intenso, impressionante e cavalga o espírito da época como Roy Rogers cavalgava o Trigger. Inteligente, sinistro e aterrador, este trabalho ousa esmiuçar diretamente a diabólica batedeira de recriminação, medo, privilégio e ódio que estimula o discurso da nossa mídia. E lança veneno no buraco negro repleto de "você-é-muito-franzino", "muito-gordo", "muito-esperto", "muito-burro", "muito-velho", "muito-jovem", "muito-imperfeito", "muito-humano" do conceito de culpabilização que circula no meio da nossa cultura e que ameaça devorar todos nós.

Imperdoável ousa nos mostrar o que pode acontecer quando o que temos de melhor é vencido pelo que temos de pior. E, mais apavorantemente, mostra o que acontece a seguir.

Esta história tem combustível de verdade no seu tanque, e seu clamor iminente nos revela que isto é o pesadelo mais sombrio de Mark Waid e a sua vingança suprema, ambos simultaneamente servidos frios e amargos. Mal posso esperar para ler mais.

Isto, então, é a prova que eu precisava, a prova que o especial de 1968 do Elvis não conseguiu fornecer inteiramente; se você pensava que sabia do que Mark Waid era capaz de fazer, pense novamente. Este glorioso e apocalíptico barulho que você está ouvindo é o som de categorias se despedaçando.

— Grant Morrison
Glasgow, Escócia
Março de 2009

GALERIA DE CAPAS

Arte da Capa 1A: JOHN CASSADAY / LAURA MARTIN (cores)

Arte da Capa 1B: BARRY KITSON / ANDREW DALHOUSE (cores)

Arte da Capa 2A: JOHN CASSADAY / LAURA MARTIN (cores)

Arte da 2ª Edição da Capa 2A: JOHN CASSADAY

Arte da Capa 3A: JOHN CASSADAY / LAURA MARTIN (cores)

Arte da Capa Exclusiva para a HEROES CON: JOHN CASSADAY

Arte da Capa 2B: DENNIS CALERO

Arte da Capa 3B: DAN PANOSIAN

Arte da Capa 4A: JOHN CASSADAY / LAURA MARTIN (cores)

Arte da Capa Exclusiva para a SDCC: JOHN CASSADAY

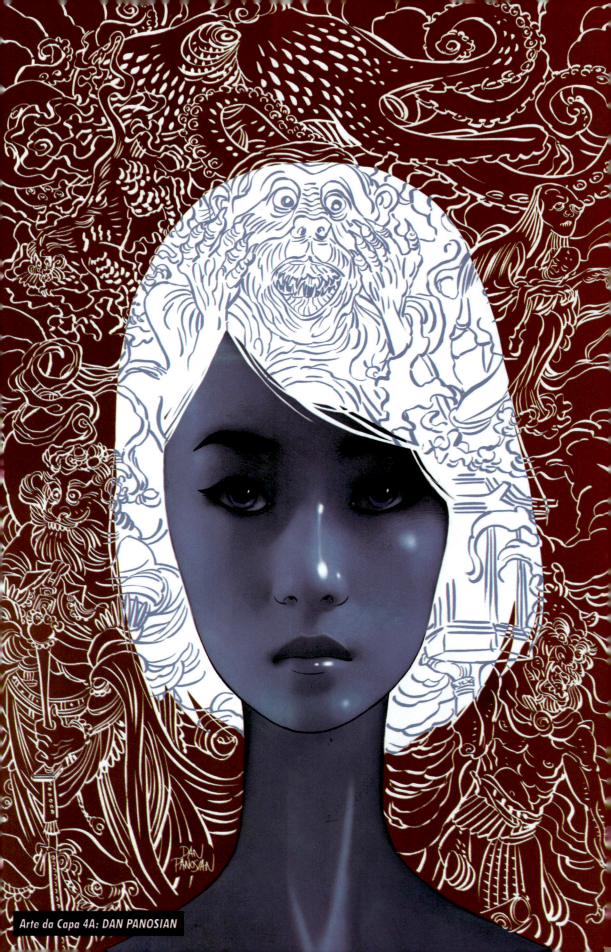

Arte da Capa 4A: DAN PANOSIAN

Arte da Capa 5A: GENE HA / ART LYON (cores)

Arte da Capa 5B: **DENNIS CALERO**

Arte da Capa 5C · DAN PANOSIAN

Arte da Capa 6A: GENE HA / ART LYON (cores)

Arte da Capa 7A: GENE HA / STEPHEN DOWNER (cores)

Arte da Capa 7B: DAN PANOSIAN

Arte da Capa 8A: GENE HA / MATTHEW WILSON (cores)

Arte da Capa 8B: DAN PANOSIAN

Artes das Capas Promocionais para Lojistas 1A a 8A: JEFFREY SPOKES

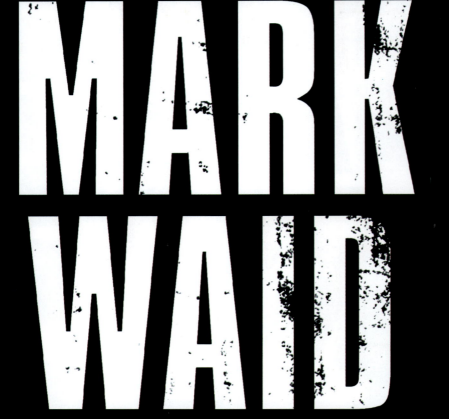

"WAID É MAU" — Arte do Folheto Exclusivo para Convenções: DAFNA PLEBAN (design)

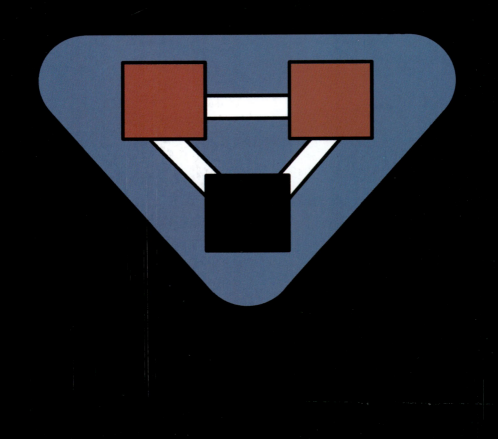